文學沒有

沈眠

獻語

夢媧

妳是詩集的宇宙
所有的文字
都因妳而誕生

沈眠

目次

神走在城市的街道上。以非常普通的樣貌
到小吃店裡吃飯。在百貨裡閒晃。
坐在咖啡館讀一本奇怪的詩集。神不懂文學。
毫無用處。並不直接抵達終極解答
只是追求著某些不確定的解釋。

繼續行走。偽裝平凡的活著
祂樂意置身人們的日常。察覺飛翔
如此無趣。在地面
有千萬種滋味。譬如每一個人都緊緊抱著

自身的傷痛。那是原礦。他們卻不願意打磨
也許急著丟棄逃避。也許沉溺其中。

神專注地凝視。被命運切割
那些閃閃發亮的碎片。
失敗應該是艷麗的。不可取代
但他們對天堂卻無比迷信
所有偉大都是淺薄的。所有成功都是
虛無的。所有愛都是錯過的。
祂的樣貌正在平面化。

而被遺忘的神，無法超越形體與物質。
祂發現自己是眼前的文明

多出來的部分。神沒有哀傷
也並不挫折。祂最大的情感是故事
裡面所有失落的靈魂
神接受一切消亡以及其他。

於是神死了。宇宙
並不寂滅。
而剩下來的都是文學。

她是清貧的
但遺產那麼多
在微小孩子心中

她是沒有語言的
好多陌生人都爭著站在
身邊遞送詞句

她是被冷嘲熱諷的
鄰近攤販因為無法獲得平等注目

而更加敵視善行

她是不需要名聲的
只求隱遁在市集
繼續實踐並未命名的正義

她是身體彎曲的天使
沒有翅膀
但可以造光

而我們是否都已
不再聽見神的隱喻
成為愈活愈虛構的空殼

我們是很愛的。複數
為極點。熱吻第一人稱
突破鳥籠。名之為最自由的境界
時光屢屢暴露。音樂攀過
目眩神迷的地帶。獲得庇護
溫軟的持久戰。皮膚
灼燙是證據。而命運必須一無所知
我們到達過愛的鋸齒。謎底是
跳舞。在牧歌的沙灘上
不管世界如何演變荒謬的浪潮

依舊不歇止我們。認識
狂歡的加速。憂愁的圓滿
動物正全神貫注。討論爆炸的
可能性。宇宙當然腫脹
在擁抱的此刻。羅曼史值得活
分分秒秒。陷進冬天的故事
相信每一種曠野。細節長出更多
心靈。令人難忘的顏色
所有的情感。足夠深邃的
神。無可比擬

鼠

至公園野餐
午後時光旁若無人
臉上捲起絕對的零度
城市如空穴
有些電導來回流動
寂寞比光
更接近人性

愛情是電擊穿
但與他無關

人生是恨與厭煩的總和
走在綠意裡
灰色的零可能

介質偏於塑料
日常是橡膠的擴充經營
能帶結構嚴密無解
存有的能隙細小可悲
電子數量終將窮途

活成金屬
更硬更堅決
反對別人的正常生活

他只讚揚自己的神
相信那些男男女女的彩虹
必須禁止
那些發光必須處置

漠不關心世界
他邁入末日
遠離時間
電離無從歌唱
破碎的導體亙久作用
能量激發直直通向
在地獄
擁緊自己的粉碎

當詩靜止
成為勇猛而剛硬的石雕
成為船，成為水紋
我就擁有巨大的視野。得以
重現太平洋、龜山島和蘭陽平原的
美麗光影。得以聽見整座海
與島的對唱。得以在山川
目睹每個人的未來
熠熠發光。昨日返回。祖先甦醒——
得以破浪而出，裁開又古典又新潮的

時間，並發明所有
與神相關的音樂。

當詩靜止，
大雨中，火車行進。
軟綿綿的水霧在空中絮語
如池魚翻騰。海洋棲息於沿岸。漁人和旅人
交換居住的夢境。攜帶家屋高速移動
穿過連接盆地與平原的隧道
在淹滿天空的眼淚中
抵達最初的神。

當詩靜止——

緩慢的海洋，通過家族。
發現親人坐臥的姿勢
帶著霧氣。他們親密微笑
笑容都是濕的。
互相傳遞水分過多的火種
讓虛弱而持續燃起的光照亮
神的下一輪身世。

當詩靜止：
讓風雨密佈瞳仁
軀體，讓鐵道啟動靈魂
踩著快速音階，而月台漂浮。
童年踏著流轉的舞步

銜接平原與海——黃昏睡在天空上
到處是房間，黎明準備膨脹。
在我壯麗的行李裡
有特技，有世界的語氣
有洶湧的頭顱，有微妙的奔馳。
以詞句完成龐大堅固的船
劃開藍色的聲音——
我正前往神

當詩靜止。
光線的母親，坐在洞穴裡。
道路剛剛分娩
一切都還是黑暗中的哭聲。

我在進化
我的骨頭進化。我的心進化——
進化成為神。

（寫給零雨。）

首先是鐘聲，如巨大光線
擊倒睡眠，擊倒遍地栽種的耳語
在微微的姿勢裡甦醒

一卷佛經，一部詩集同為悲歡
木魚靜靜在身邊迴繞——剃度過的歌聲
海濱的風與潮水隨同太陽
一起在瞳中凹陷
熬成一缽清脆無礙的智慧

站在世界的邊境
孤絕者至上的路途中
與天空辯證存在，辯證晨香諸種緣故
親切歡迎一片宇宙的袈裟
駕臨質樸的冬季
聽見遠處的濤聲寫著無數詞語
為枯寂的臉，發明更多關於大海的知識

緊接著，山在午後的氣氛裡
逆溯久遠以前的夢境，髮膚都還新鮮
綠色強壯奔跑，岩石盛裝打扮
飛鳥打盹是流動的喜劇
攜手一起折返童年，所有歡笑都是往日迴光

而後，夕陽被點燃被燒得通透
海龜千辛萬苦經過形式繁複的紅與藍
爬上沙灘，有名老者默然
在輝煌、龐大的顏色，向著海
於觀音的凝視歇止，徐緩清掃貪嗔癡
晚鐘夾著金黃的灰燼落下
無聲地折疊多餘的謎題與煩惱

最終，自由抵達時間的觸覺
木魚般切鳴叫空靈的「叩、叩、叩……」
夜晚的手指伸長，撫摸一切事物的名字
與月光接棒，而虛空如此圓滿
燈火在眼底住行坐臥

如一場生生世世綿綿延延的功課

站在智慧的邊境
虛幻的梯子已遭到撤除
那些參佛的人，在黑暗中讀經
讀著自己快樂的影子正漸漸變老
傾聽並且呼吸，發現百年後
音樂依然沿著石階，攀緣而上
慢慢抵達胸膛——兀自盛開

如果人生只是捕捉
就值得將僅餘的熱情
放在很低的眼前
全神貫注
將馬路視為深淵
將他人當作無形之物

捕捉　捕捉　捕捉
而捕捉
是絕望的反饋

走進深夜
走進
一個人的聖戰
你捕捉
各種光線
捕捉
愈形微小
衰弱的詩意
捕捉
無以名狀的捕捉
遊戲是你為

丑

今時今日的捕捉
設置的定義

捕捉一顆蛋
相信裡面存有
整片快樂的寶藏

捕捉一頭充滿設計的野獸
積極地迫使靈魂
跳進入魔之夢

如果捕捉是一種值得的人生
你會用運氣交換

更多的顏色
把滿山展開的樹
雲朵、雨勢和天空
整個時間的綠意
獻出去

如果人生值得捕捉
你願意
用壞命運
讓自己變成
一種點選
一套移動的虛構
偽裝神

丑

只捕捉眼前
以遺忘
遺落更多

浩浩蕩蕩的
這裡

野蜂已經飛遠
世界枯萎

而我們無聲地
發生彼此的花蜜
凜冽中有一種

音樂伸出手

輕輕觸摸
輕輕地觸摸

固執的香氣
無法拒絕

那些皺褶裡的
明亮而悲傷

從他方來的女子，皮膚棕黑
裹頭巾，流露陌生的氣息
走在街道，像步入險徑
而空氣總是選擇繞行
她們，禁止所有。

生命是那樣一次又一次的
分割，片段凶暴
沒有止境、異常緩慢的苦悶
圍攏，日常在縫隙裡

生長心煩意亂。

她們的內臟逐漸斑駁
眼中的清明已老，不得不把
白日活成夜深，愈來愈像
是虛構，只能維護住
軟弱不堪的，煉獄姿勢。

漸漸懂得，全都進化為機器
她們忘卻憂歡，那些暗中湧動的
情感與記憶，只專注地
為別人度過每一天，變成
最擅長，埋葬的種族。

那個人死去了
多年以後
他曾經指出來的
所有新的名字
都已昇華到
宇宙上方
持久地照射我輩
心中幽暗
那個人曾經寫下：

「光就像水，
你一扭開龍頭，
它就出來啦。」
我們都看得很清楚
他讓光
像是故鄉一樣
種在我們的胸坎
犁開一片星辰

那個人活著
把所有軟硬適中的孤寂
都還給我們
好方便重新認識

最初的驚奇：
事物全部
都正在起飛

接下來
那個人將走入
繁星之中

對神破解
並充分再現
世界誕生之時

（追憶 Cabriel García Márquez。）

最先注意的是那些從髮絲流出去的煙火
一串一串並不間斷甚至必須說是
形式完滿私小說風格的流洩
它們極度安靜不移向天空
而是往詩的核心覆蓋
變為厚重的藍燄這樣一來
其次還要小心
夜在腦殼裡的失序當然也要看到
那些體格蠻橫的哀愁以餘燼模樣安頓下來
最後也許在最後的以前

當火焰萎靡凝視只是零碎的紅
不被計算不被日光允許在世間短暫行走
而山憂慮而老虎在體內凶猛
太陽受了寒一切都逆倒
乃早於任何憂患早於任何遺言的木紋
早於任何細嫩的芽
早於任何世紀初的獨白
身體僅剩下神的死灰而已

渾厚夜半時分
所有的動物
集體遷移
只剩下貓的城市
天空沒有飛鳥
地上無其他走獸
水裡沒有魚
日日夜夜
和無以計數的貓
活在一截

寅

一截的百無聊賴時光
撲抓彼此
取得更多有效的傷痕
並持續等待
完整的神
降落
打開自己
金剛不壞的孤獨

各種天氣走過。各種好的壞的
陰冷的灼熱的明亮的灰暗的
天氣。也許人間風和
世界日麗。也有狂風臨
暴雨降。我們的天氣
擁抱我們。烏雲是活的
日光也是活的。天氣就在這裡
又遠又近。天氣移動
每一次的心跳。那些小鹿
那些閃電。我們的天氣擁抱

感覺。三百六十五天
是徹底的三百六十五天。日日
夜夜都是龐大的洪水
溢滿蜂蜜。我們的天氣擁抱
猛獸般的甜。堅實進入
柔軟退出。
不讓時間搬離天氣
不讓天氣
有片刻關閉。更多的親吻
滾在熱鍋更多的肌膚
顫在火山。我們的天氣
擁抱著速度。八千七百六十
小時。微小的碎片

漂浮到永生。我們的天氣擁抱
思念。圓形
無以計數的圓形。天氣裡
有時亂世
也有時太平。五十二萬
五千六百分鐘。我們的天氣
擁抱火花。一再炸裂
一再斑斕一再重生。三千一百
五十三萬六千秒。我們擁抱
每一種天氣
華麗多傷的天氣
神祕無止境
靈活多變的天氣

我們的天氣。

幾乎沒有聲音
幾乎只有山在故事的深處
靜靜的，靜靜叫喊
有雪、日光，因而激揚了起來
幾乎沒有風景
幾乎只有故鄉在野性的盡頭
洶湧的，洶湧寫下
有字、老虎和神，驟爾淩亂了起來
幾乎沒有火焰
幾乎只有嘆息在遠方長長地結束

猛烈的，猛烈吹熄
有雨、昨日法則和黑暗，終於破碎了起來
幾乎沒有任何接近
沒有任何與上帝的寂寞相似的觸摸
而天地逃跑，而宇宙逃跑

靜靜傾聽

時間醒來問及深奧的事情
譬如水在過久的悔恨如何存活
或者體內蟄伏的狗
為何咬破靈魂
以及胸臆間的欄杆幾時停止生長
停止對心囚困
而失蹤充滿整個生命
將自身交給夜晚決定

天亮遠遠繞過
彎曲微小
燈火揮散無用的手勢
青春跟衰老墜落
沒人能抵抗
向下發展的命運
最後變成一場煉獄

有些鳥在眼中熄滅
情感枯竭
有些鬼握著刀從風裡來
它們不懂肥滿
善於削瘦與毀滅

有些橋沒有詞語
有些故事緩慢的叫
有些雨殺人在心中刺穿
千瘡百孔的哀歌

過去嚮往的童話
如今住滿地獄
此時有頑固異常的神
歲月有足夠的尖銳
磨損一切可見
塵埃是最被相信的劇情
傷感與洪荒
都無止境陷入

你們的普通移動

明日沒有淨土
在終將垂落的事物
時光寂寞
但保持緘默
灰燼維持完整
掌握萬事萬物對黑暗的計算

究竟錯過不了
以錐心之痛的氣勢
人一生的速度都朝著地面
為了不被愛與美學甩開

為了追悔下方
千萬年失眠的上帝
而運轉不息

（Pedro Almodóvar《沉默茱麗葉》：「妳的失蹤充滿了我整個生命」、「最後變成了一場煉獄」。）

綠亮的水底
有金風一樣細瘦的字
與碩大的魚群衝撞
黃昏以多情睡姿
屢屢愛過的河
以嘆息與歌唱輕盈起來
站在城市的色階
跨越雲和流水
靜置鳥與鳥囀的縫隙

而天空是眼眉彎彎
滿山遍野的月
所有噪音是奮不顧身的鞋
所有光亮是閃爍的桃花
山正前進祢的形象

祢的蜂房抱滿樹的陰影
純粹的耳鳴綻裂光暈
祢安詳地從鏡子取出我的眼睛
從火焰正中央取出我的心臟
從風的邊緣取出我的腳掌
雷的形狀取出我的呼喊
而我和時間交換蛇

交換刀鋒上靜止的語詞

請餵食繁饒的蜂蜜
流動複調的蝶翼
祢是編造者
我是祢身體的新塑情節
請剪裁幾片太初
讓鹿通行無悔
讓筆劃勾勒
每一個方位慈悲的醞釀

而親愛的雨勢忘了
忘了從夢中醒來

祢始終以深邃賦予我的淚
我終將想起子宮的厚度
想起落款血液裡的字
想起祢如何造就我
如何在巨響中完成宇宙
嬰孩與神的鏡位

卯

耳鳴是紫色的
兔子
許多的線條
跑過前方
眼花是紅色的
獵鷹
持續暴風
必臨的動作
鼻塞是綠色的
小象

黯然漩渦
扭轉
軟綿綿的天氣
舌燥口乾是粉紅色的
蛇
獨自銷魂
遺落的形狀
心跳是深邃的藍
野鹿在
曙光之前
衝過了柵欄
轉瞬為風
那些外來者付盡情深

卯

我負責忘神
以及衰弱

有一些動物經過心的觸摸
就伸縮了起來
變化成尾音
粗細不一
思慕的部位亦然
驚喜進入更深的春日
凹槽處
就有我們的天堂
正持續膨脹

全部都是昨天的錯。昨天有一群白色經過。
時間就死了。它們全部都死了。
死在那些最強壯的亮裡。
它們都是美的。她喜歡白色。也喜歡戴著
世界上最豔麗的紅，進入所有的白
像愛情最痛快最迅速地
抵達孤寂的盡頭。非常鮮明的垂落
她更喜歡灰狼。狼那麼強壯
可以跑過荒謬的故事
找到她。他愛她。他說

可以分一千零一夜把她吃完。
她喜歡狼的情話。真實而兇殘
芳心就足以獻祭給寂寞。無人知曉
是她主動投入他的身體深處。
畢竟誰真的在乎呢。
而她更喜歡把自己變成一頭野狼。
她喜歡吃。吃下那些喜歡純潔女孩的男人
她訓練自己比他們邪惡。她也能更喜歡
復仇的滋味。當她裂開男人的身體
從血肉離開以後。就走出了曠野。
她是無與倫比的狼。今天會有一群灰色經過。

利器握在風景中，割開眼尾
流露古質詩意，尋找與文字爭鬥的瞬間斑斕
背海的人卻潔白完美地走來，浪潮維持淒厲歪斜
放逐人生的醉意，走穿語言的本身
提起整片天上的墨汁，滴穿時間
豐饒的殘骸，凌亂的字紙上
完整踏在無聲的空格，多年後有一群音樂復原
一再重演的鋒芒，良好收藏於書冊
從城南走來，時代的女人們後退

燭火似的燃燒，立在白色冬季內部
舉筆即犧牲，與心靈的童年兩地相思
嚴峻的氣氛底，開拓黃金十年光華
有些舊事如許新穎，傳遞於一代代筆尖
像刀鋒般醒目，始終不遠
碩大的牡丹，持續優雅地退去
完成後來者的前進，那是母性的歷史

逍遙是潮濕的態度，水仙夢見自身的地理學
被永恆引渡，長久居停南方
經過鄉愁的洗，渾身詩響
四處轟然，天狼星不說話久矣
只願聽飛揚的中文史，從彼岸滑進此岸

觀音隔水與後來人相望，敲打靜寂
民歌止息，高雄化作棲居
守夜人在此，燈塔的光奇幻地驗證老年無滅無損
他絕不，絕不放手歸還謬思

燈裡，掛起一襲黃昏
懷念看花的人捧著衣缽，闖越寂寞
海上溢滿時間的霧，江南儼然多年前錯誤
座落一間野店，細細諦聽那些鄉愁
距離中原，幾十年躊躇的水
而後落籍浯島，在鋼鐵血緣回返
從來朦朧的家鄉，從來浪蕩的馬蹄聲

黑色的春天淹滅白色燈塔，青春從海濤的此處
摩擦一名詩人的完成，每條浪潮與詩歌重疊
他伏案，安置十二星象的忿怒
雨聲垂入一壺苦茶尋求容身，一點一滴詞語羽翼般綻開
氣味醒來，比愛與洪荒還要遠久
那些色調和形樣，來自花蓮的滂沱音樂

憑空造境放手光明，菩提樹下如來不負
碎裂的聲音，是狷與苦的形色
安坐在玻璃內，攬抱二樓書店裡的詩意
比門外的天與河流更藍，更藍卻少於墨藍長衫
每隻河貓都是最好的説書人，妙語如喵
爪入耳朵的盡頭，一起明悟生活殘忍

神諭是澀的，而遍地胸懷都是雷聲
唯其靜默超越時代，展開自己
牢籠裡，一尊佛夜坐
滿臉水窮處，獨笑獨哭都是舉世

文學家的心坐擁宇宙
各自容納神的碎片
重複命名神祕與人的關係
以島嶼為總和
擦過時代的深處
留下輝煌的龐然面積

（《他們在島嶼寫作》：王文興、林海音、余光中、鄭愁予、楊牧、周夢蝶。）

眼睛是象形，眺望所及
萬物呼喊它們的名字
世界走過粗糙的平面走過荒野的縱深
還有太多的凝視沒有完成
指事無所遁逃，宇宙來到手中作畫
詞語演變哀傷的觸覺
造字的人，被時間徹底焚燒
留下千萬種餘燼在描繪
遍體的暑氣，味蕾長出鈍重的會意
艱澀困苦，品嚐怪物的味道

無數形聲一盞一盞在耳邊亮起
燈火通明的神諭，幾乎無法懂得更準確
組字的法則踏走在刀鋒上
每一步都包含悠久的記憶與傷痕
低著頭，全神貫注地挖掘
體內轉注像花蕾盛放的情人
吐出甦醒的假借
隱忍水隱忍譬喻隱忍長遠的流逝
而用字是對人生最溫柔的拆解
靈魂將穿過所有暴烈位置
使盡全力握緊筆
寫下語詞共生的歷史

一棵樹的移動
天空底下
綠色的移動

風走過
吹開樹的思維
帶起音樂

樹不動
但它的綠

移動著

線條很飽
所有的綠都
像奔跑

在綠的法則裡
光線
打造清晨

祂走向樹
變成樹
綠是靜默

沒有人聽見綠
但樹知曉
哪裡有歌唱

樹是綠的命運
綠是樹的
詩意

繼續各種動作
宛如置身
神的猛烈裡
渾身熱氣
在最莊嚴的高度
維持最高
最堅硬的善良

我們已經到了山頂
我們已經看見

最好的風景
穿過去了
都穿過去了

那些不應該被
說出來的事
本來就無法觸及

讓我們保持安靜吧
接下來依然約在
煙火的最上方相見

他獨自面對
一盞燈火
心愈縮愈小

現代已死
他自成一個鄉野

沒有語言長腳
沒有故事
值得跑出去

邊陲上
房間不需要寓言
不需要世界

小小的
他自己盛開
足夠的
他對自己的
信仰

沒有盡頭
也已經是盡頭

在時間的花園，所有曲折的手和耳朵
不再展示樹的形態，不再只是開花結果
不再被一千種瞌睡浮到空中
當島不再是終點
當島或許走成原因之時

燃燒字、煙火，捧在掌心
從堅硬的眼睛折返柔軟門檻
穿越呼吸的畫布，彎曲靈魂的種植
遍地佛像，而神祕彩色

騷亂通向乾淨刻苦的年代

那時還沒有音樂，還沒有製造翅膀的工廠
那時夢都還沒有長毛
稀疏的墨汁晾在單薄的字體
說話的口音有些殘山賸水
剛發育的鋼鐵在喉結鳴叫青春與奔放
兵燹是正高速生長的轟天雷雨

而孤獨國的邊境，寫在心臟的幾何
要試著在出門的時候還魂於草
試著成為繁華流麗的魚
游向蕭索與巨大以外

削除皮肉裁切骨頭，演化為質樸的傳奇

花和語詞的芬芳從來不必計算
剩下全部都是好的，餘味翩翩裊裊
字上有飛翔，以青天的材質鑄造
以無噪音的白菊盛放，而我忘了手裡有劍
耳緣有禪跌落
滑過鳥翼與水面的謎，夢幻泡影

於是，有一種人抵達島
從島變換而來的鳥
孤絕始終，完成飛行者的命運
在宇宙獲得輕的可能

詩也就抵達宗教
如此讓我隨他靜默是好如此便是好

（追憶周夢蝶。）

是一群微弱的神蹟
穿過時間的歡唱
像貓一樣　與風嬉戲
在霧氣中疾走
自天而降　鋪蓋肩頭
樹下住滿花香　祕密的仙靈
撫摸每一種嗅覺

遠山天色如鏡
五月裡有潔白的心

路過大雪的境界
山徑上　光陰漫開無盡絲線
織布一樣結構
這裡　更多的眼睛

花開是嬌嫩的歷史
像純淨的身體　光滑且多義
像愛　細緻微涼地
連綴孤獨的碎片
而花落似雨　觸感一如蜂蜜
潤飾人們靈魂底的乾旱
日光裡持續見聞花香移動

是最龐大的浪漫
敘述天真　敘述各種音節
香氣成為永恆的説法
此時此刻星象密佈
記憶的明亮度　從來無可計量

一點日常的
顏色掉落
持續
每天都
更多一點

整個上午
祂靜佇
在自身的遠方
凝望

巳

時間的故鄉

目擊
世間白髮
迎向
那些迂迂迴迴的
風乾

月亮一直在走。走在我們的細縫之間。
飽滿而無盡的密語。
身體重複爆炸。重複被貼合。
如水的月亮具備各種形狀。
新月是我們相擁。眉月是我們交疊。
上弦月是速度。滿月是對望。下弦月是激情。
殘月是我們加深詩意。漫遊在所有的月亮之上。
我們的手指是圓的。愛撫是圓的。
腳掌也是圓的。繾綣也是圓的。
圓的唇齒。圓的親吻。圓的肌膚。圓的絕頂。

水無月

一切的進入都是圓形的。
圓並且潮濕。
月亮同時也是無數的顏色。
黃色電影的月亮。粉色詩歌的月亮。
白色月亮爬過雪峰。藍色月亮滑過大海。
月亮加強眼睛的紅色。月亮擴張耳朵的紫色。
月亮在我們身體裡的黑色。月亮是彩色。
更多更大的彩色。月亮被低低地填入生活的皺褶。
我們縛住月亮。月亮是我們的繩子。
我們在裡面完成最堅硬。也最微小的極樂境界。

他是一名男子，經常像蛇多一點
終日在流動，從水的形態，換取火的多樣性
法則，於生活日常間遂行變態，

他在街道的中央，宛若季節性產品
距離慶典像是隔著鏡子，隨時可以照見更多
消費的手勢，以及瘋狂的理由，

他喜歡上班，坐在辦公桌，假裝忙碌、優雅
有品味，實則享受那些清醒的惡臭，機器與人的

氣味，屁和腳丫，髮油繽紛，

他熱愛冒險，從一座島嶼到另一座
但只是名字和回音之間的作用，跟厭煩無關
他總是熟練地從一種生活，跳向下一種，

他從有刀的地方，走到有光，帶有一點小小的黑暗
堅硬，移動，沒人說話，事物在寂靜底，很滿，滿如
神最後一次粉碎前，所顯露的臉，

他運算、蒐集並製造數字，經濟金融、選舉票數、
十二星座女友，還有各式車款與名牌衣物
對物質迷戀，乃至於死亡人數，

他習慣把自己的身體轉成蛇，以便遊走
穿越在各種裂縫，以主題性質的偽造，自由出入
或者剝除鱗皮，靜靜滑進人類中間，

他離開預言的可能，大部分時候，舌頭替他
垂釣聲音，眼睛為他搬遷物品，寂寞摺進身體條紋
遠方在心中凋謝，而有誰要被流放，

他為了虛構的戀人，寫字，寫愛情與火焰
預先成立典型，通過大量的誤讀，被定義下來
形成末日的程式，並破除記憶，

他此生往後要做的，就是抵達最古老的火災

對著整個世界的濃煙，拆卸背上的煉獄，並繼續簡述
夢與夢魘，永不，永不醒來。

神明以最安靜的姿勢坐下
坐在無人的鏡中
聽見錦瑟華美地撫觸東風
柳枝如許多情
搖曳三尺雪
覆蓋眼前的音律
且覷見荷花正中央
揚起一群多義的青鳥
持續追擊風味絕佳的情懷
祂輕巧地打開更多人的內臟

授命所有的詞語都是通路
都是招魂儀式
讓後來的詩人們
住進閃閃發亮的鄉愁
祂嘗試計算天下有情人
相思能夠積成多少灰
如夢生涯究竟死過多少蠟炬
望定他們緊摟越來越老的細雨
陷入不足夠的愛
但足夠的苦
學習用今天去刪除
昨夜的空言昨夜的離別難
在淚的縫隙裡

編織著更多靈犀
有宇宙的聲響
永無止盡地分泌
最尖銳的絲
最清狂的飛翼
以極樂相見
於每一種惆悵的星辰
並目睹那名古老的詩人倚在畫樓外
露出濃墨以及豐富的骨骸
且帶來整個世界的絕蹤
於是祂再一次定奪
亂世裡起伏生滅的線條
而詩歌必然是時代倖存的回憶

（獻給李商隱。）

物件一個循著一個，移動於
千萬種不告而別，一支錶的傷口
難以縫紉，一陣風輕透
凋零在早衰的情感，一朵花
在思慕璀璨，長進情人的眼底
一張皺揉、糜爛的衛生紙
如同酸臭的故事，迅速腐化

已完成、未完成的，全都是鬼魂
太多抒情硬化，液體再潮濕

也將乾涸，雨水曾經剛烈
滿嘴的繩子豹變，穿過疲軟的火焰
太多陰暗在光線中，突如其來
淪落到記憶下方

比對各種香氣，試圖鑽研永恒
縱然烏有的甜酸，愛也始終存疑
惟每種遺留物，皆有甜美手指
蜷縮其中，過往的夢幻
渴望碎裂得一無是處
所有的挫敗都宏偉難擋
掀起眾神面紗，夢見猛獸

行過煉獄的切片，一切明暗的風物
喜歡往復，並極度眷戀炸藥
每個人僅僅是倖存者，沒有誰可以
抵達峰頂，生命從來是深淵

時間如是之黑，篇章搖晃
成千上萬的破損，維持靜態
群起的幽靈，蜂擁逝去的情愛
無依無靠的牢籠，道別是不能止境
留在原地，成為無門可入的鑰匙
愈來愈暗的孤寂，眼前可見的
遊樂再極致，轉瞬也將被盡頭圍覆
萬物最終懷抱的，無非己身魅影

午

從身體的夾縫
靜靜抽出
一張紙
灰白
有透明的字
游動

有些失散很深
揮手驅走
舉目所及的

色彩
只能半死地
擁抱

我們有
各自的鬼
各自的陰影
蒸著
日正當中

床邊故事。從夜間運動
開始。不是我們對女兒的訴說
而是我們關於
彼此的杜撰。將身體極大化
擴散四面八方。一點一點
很甜很甜的粉碎。沒有妖魔鬼怪
沒有宇宙沒有時光
就只有我們飛行。奧祕
不可能阻斷。有時被運動
有時運動。我們往床的核心滾去

所有的電量湧滿。炎夏時節
此刻的暴烈是溫柔主義。最下流的
往往無比深情。
讓我們啟動這一章。
將最飢渴的作為最穿透的抒情
所有的霧與潮濕。一起捲亂
最細的天堂。漫遊在無盡
美妙的龐大詞語
編輯兩個人的聖經。讓甜蜜
咆哮在月色。興奮整座
建築。重複到達
翻滾的極致。而我們的
身體就是我們的盛世

體內：最堅硬的精靈。
黑色並且強壯，帶著深淵移動。
日以繼夜，懷孕一萬種碎片，關於恨意的表演。
時速無法停止，陰影是多種禽獸。
剃刀與心臟共謀，裸身女神撲進大氣與烈焰。

火花、火花、火花。
顱內噴濺，無聲無息。
咒怨的往返，死之藝術的鑽研。
重複分解，紅色的早晨，鏡子的哭聲。

必須注意那雙眼睛，它們始終獨立。

她們撕裂成馬，還有籠子——
憂鬱的籠子，發出迷幻絮語。
白馬持續勁馳，夜晚卻沒有盡頭。
田野被殺死，天亮被殺死。
插滿鐵絲的黑馬，莫名所以出現。
灰馬，以及更多顏色的馬，都在死去的鬼魂裡。

無數囚禁的故事（被完整地愛著的信仰）。
蜂巢的暗築，閃耀的蜜，親切的飢餓。
跳入無與倫比的油鍋，在刀山上重複獻身。
與更多傷口勾纏，製作病的編織物。

馬

被各種泡影的設計展演，向與毀滅同在的神致意。

沒有時代的女人！在夢幻中粉碎。
瓦解是對孤絕的漫長拷問，靜默屠殺各種情節。
全部的線條和裂縫，還有邪惡往日。
迫使月亮轉入灰燼的境界，於是籠子永遠活著。
她們最終熱淚摟抱，自己的魔王。

我居住——
在沒有的地方
最近也最遠
無盡與瞬間的——
各種可能的逝者
一起坐在
暴風邊緣——
對死亡神往

我烈愛——

任何快樂的羽毛
任何心靈史
任何——
最不可觸及的靜默

我持續感受——
多種天使施予
在所有必要的失去——
以後
那些獨立的美
不可多得
全部的——
愉悅

我獨自漫遊——
生活是繭
裡面有槁木死灰
在夏日裡——
在睡眠之下
舉行明亮葬禮
並撫摸最大曙光

我完成——
被吃掉的人心
一一長回來
鳥如何升起在絕望裡
如何不喪失——

真正的詩
密布在空氣之中
且與神等重

（獻給 Emily Dickinson。）

我們能接受苦海
身體環繞無邊

更多體驗
各式紅色從遠方擠壓而至
同時進入的死
在哀樂中
消失的燈火

藍色的整體運動

豐饒的鄉愁
延伸自然萬物
活得像垂直落水
一樁偉大迷人的壯舉

不愛的時候
戀人們都支離
多愁善感
夾帶犯罪現場
養殖閉關的黑色
親密練習復仇語氣
反覆地研讀傷勢

幾句濃烈對白
構成寰宇
以壯烈的灰色和眉目
組織無岸的戲劇

無人之地有狂草爛漫
野花璀璨以為來到綠色邊境
緊緊綑住菩提
爭取絕地通天的眷戀
化解不祥動物
學習花草模擬永恆無聲
神的即興毀滅

在日常中指點破碎虛線

每天因為哲學狂吠醒來
更多懷疑更多寂寞
電影院線絕非有求必應
枯坐過白色所以明瞭
療癒不外乎人生太多膚淺

在胸懷裝滿如來
靜下來發光
適應親人友伴接連離去
覺知失散是橙色
活著即菩薩

獨自有所可能
深刻的秋日
啟動田園
讓紫色搖蕩聽見
歌唱的無染成千上萬
此時穿透自己

滿天繁星
遙遠的蜂擁
地表所有美學捲起
跑向靈魂起點
佛臥倒在遼闊金色

孤獨或然龐大無敵
愛仍成全我們金剛不壞

午後
他們的臉吹起來
像風
輕輕的
於是善念是雨
我濕
我是他們的
一座雨季
所有的點滴不止在心頭
還在天氣裡

隨興擴張
明媚及其所創造的語法
都是滑潤的
他們極喜愛我的對號
泣已成為傘
成為懺悔
神也聽說過
而妖魔們披頭散髮
心甘情願
跟著我
移動他們的
歷史
踏入平庸的時光

並露出
普通的笑靨
在雨中

至此，愛情使我們成為飲食
每一細節都多汁，像西瓜肥美的體態
花香亦豐滿，從妳的表情掬取
日子每一種高低口感
皆有蜂蜜的聲響甦醒如利器

草莓在我們雙眼恣意增長
舌上狂歡宛若蕃茄剝裂，鮮鮮豔豔
一群葡萄千山萬水爬上鼻頭
當音樂的香氣寫入喉結

有些櫻桃的情緒需要命運更高的規格
讓它們渾圓與繁盛
有些柔嫩的水蜜桃被追趕
直逼甜得發暈的鳥群
而我們暴力地停歇於最為疼痛的音階
我們暴力地擁戴彼此

我們都是吞食大師
熟稔於深黑色巧克力般的夢境
伸出手，像展開上帝
斑斕的爆炸，味覺如奏鳴曲升起
吸吮彼此汁液一如觸及永恆
達成忠貞與美感的滋味

縱使受刑在神的咀嚼，在伊甸園的牙縫
亦絕不放棄對蘋果的道德學
遂行對愛憐的終極解釋

那些雪白的命運，水滴輕輕滑進
它們的內部，嬌豔的詩歌住居
溫潤一瓣瓣宛如五月柔嫩的臉頰
凝結所有事物的用心
時間垂青，而花是母親的歌聲

當下的肌膚之親是明亮
擁抱也是，畫面裡的人一個個
被它們各種姿勢飛舞
愛的說法，帶往風景的深處

隨花的心思捲起

到林中諦聽表演，天氣
作為彈奏家，林木是琴弦
被優雅的日光熠熠闡述
落花繽紛完成彩色的聲調
遍地的歌唱總是圓滿

此時此刻，它們以歲月編織
有些情緒正在發展韌性
像是被神撥動，清脆並且乾淨

自然走路，從一種光線抵達另一種

雪由前一個季節折返
花蕾像千鳥繚亂
而關於母親的技藝沒有誰說得上來
歡喜淡淡，淡淡的
就一起聽見花香與空氣
掉落溫柔的音樂

黑暗是無題的——
居住在歷史
夾帶整批無從悔悟的時光
它緊握屠宰場
它搧動——整個年代的戰慄
經過我們此時此地——完完整整的毀壞
遍地走肉綻裂
許多的人都活在——
難以計數的死的裡面
過度神聖的悲傷——俯拾即是

神睡著了——
化作幾十億種碎片
歇止在——我們每一個人的胸口
黑鳥一樣的慾望連綿變形
無盡無窮——
荒野如此衰老
如此的被迫充滿
灰灰黑黑的——設計
好像已經沒有人願意做最認真的懺悔
沒有誰點燃內部光亮
試著照射——那些綠色的故鄉們
眼看

它鑿出——最完美的破碎
火焰宣示的並非移動
而成為靜止——
我們與滅亡對坐

時間伸手去指認的
或許是
龐然的蛇——正坐吃空山
靈雨
它吞掉象——
吞掉文明自詡輝煌的成功
而我們的頭顱渴求往回折返
身體卻前進——

到一無所有的未來

人生殘酷
而人原是溫柔
但黑暗說話——
所有人是時代的狗
就連神也繫著——同一條鍊子
黑暗——發掘更多尾巴
讓拚命追趕的人
凹陷在惘然

而有誰
正沉靜地站在我們之中

交出——黑暗的左手
交出一篇篇
靈魂之歌

我們不敢握
但記憶終究令我們
伸手——
輕輕握住無題
融入
最親密的——黑暗

（追憶 Ursula K. Le Guin。）

靜默如鋼鐵的彎曲
眼前的河是皮毛抖擻的黃金野獸
傾聽它的臉譜變換絢爛
夢遊遠方的海洋
日光新鮮
而天空停靠在肩膀之上
雲朵安靜

此刻，河岸風景極有滋味
不帶任何譬喻性錯誤

被無數旅人品嚐
那些眼光鑲滾著渴望
野生的鄉愁
意圖從文明折返
破解現代的憂鬱持續膨脹

那些城市的咒語
那些迷羊
一再改變陰影與面目

無辜的光線跋涉
許多梯子在空中生長
眼珠停止加速

此彼兩岸緩慢行走
時間的體溫柔軟
鳥飛行得愈來愈香

説法於無聲處起源
心思獲得啟動
一切語言與風景皆宗教
皆不得不正確
人們吸取龐大炎夏
以餵養太遲了的覺悟

而山巒日以作夜打坐
為他們解釋潮汐的傷痕與無常的用意

取

從不歇止

這個時節沒有雪
還殘賸的一些
安放於誰的白髮上

是相當龐大的樂器
演奏各種裂縫
加速的烏鴉

如何安穩地
抵達最後國境

申

是一門失傳的技藝

命運並不容許雄辯
隱匿已久的鐮刀
準確地醒來

隨著歲月溶解
徒然坐在癱瘓的哭泣裡
餵養落日的事故

沿著未知的路。女孩成為母親。
許多時刻。那些無處可去的鬼試圖攀附。
全部都是雨。全部全部的血肉。
在人生裡被快速磨損。非常深刻地變成猛獸。
面對過大的鋼鐵。不曾退卻。
也就探出最美的爪牙。反擊那些蜂擁的黑暗。
每一吋靈魂都激響。有傷的歲月。
途中的風景。薄霧滿溢情感。
被多出來的故事覆蓋。重複走進家居深處。
所謂普通生活。從來群聚著妖聲魅影。

細節的盡頭。無法自在呼吸。
縫隙快速躍動。抓不住從前溫暖的姿勢。
越來越低溫。鬼的質量持續疊加。
飢渴那麼龐大。再多的愛也難以支付情人的損傷。
女孩還在滂沱雨勢。尋找自己的淚。
骨頭急切。就連裂痕也是徬徨的。
以母親為名的山梁。脊椎的軸心歪扭。
疲憊的情節無比漫長。生命的囚禁無從破解。
到處有妖怪。到處都有不可逆的毀壞。
絕境滋長。背後有綿延山勢要傾頹。
但並不遺忘力量的來源。保持為時光敞開。
必須發現。每個人體內都有田園。
要緩慢長出自己的心靈。完成自己的神。

要一點一滴結構。命運的詩篇。
要找到永遠的聲音。更多可能的生活。
崎嶇的日子裡。更輕柔活著。
要一起盛開無盡的花。在落下的時候必須緊緊擁抱。
變為母親的長路上。始終謹記自己是不滅的女孩。

黑色的歲月很厚。這裡有血肉有羊水
有心跳有呼吸，有各種形式的躍動
以及沉默。母親正在走路——像是舞蹈要前往
更龐大的舞蹈。而妳宛如一株靜止的
盆栽。慢慢生長

在母親的家園——灌溉的時代，流動的歷史
剛剛發生的文明——妳躺在豐盛的
雙翼間。體驗未來的速度

關於乳房。變得深廣而肥滿
那是妳將來的廚房。此時，門尚未
完成，洞穴的故事持續填補
虛無中的種植。血肉豢養血肉
妳重複諦聽內部的宇宙——
臍帶子宮胎盤與許多臟腑的語言

未成形的萬物在外頭。母親是創造者
負責命名和述說，帶領妳進入
晶亮的夢境。抵擋憂愁的風暴和孤寂的景觀

母親親身編結時光甬道。愈來愈接近
世界。命運露出來。妳開始

猴

奔跑在紅褐色的故事。那是一首最為強勁的詩——女兒。與億萬種詞語。同時降生

月光到來，一片無聲
零落，他是對抗遺忘的男子
以灰色語言，賦予
詩歌永無止境的痛苦
絕望，以及持續墜下的
石頭與歌，還有水花
流動於詩和耳語之

間，我聽見罌粟
聽見它站在群花之中靜默凝視

光影如此稀微
刀鋒上，死亡正在進行
最後的文法轉換
風和彼岸，詩句們紛紛投河
而水在石頭裡完成
最後的歌，最後的賦別曲
而最後的眼睛縱

身，跳向另一種鋼鐵
不容喘息的深淵，我聽見嘆息和
罌粟的步履，它打開房間
打開整個世紀的雨聲
我的喉嚨如此渴望，接近粉碎

只盼著它來，它來了以後
作為火花，接近復

活，從時間的動物性裡來
有時假裝睡眠，有時影子比我巨大
有時躺在我的心底
溫柔如死，有時又暴烈又甜蜜
有時詩和耳語被它流動
擲下大量陰

影，大量的消逝
他提著罌粟，像一把火
我聽見灰燼與字

穿過黑夜而來，我聽見儀式
想照亮，照亮萬物
但我只有餘溫，只有雪
而世界只有濃鬱空白
詞語和水已死
全部的記憶，長長的
屍體中間
神都謝
了。

（獻給 Paul Celan。）

菩薩是野蠻的，不得不在暗中
荒野，蠻狠地闖蕩——

從人情普遍遙遠的此時，斷切
怪物的行跡，一步又一步
晃開多仇的枝葉，穿過城市的想像
炎熱如夢，靜息萬物

無法入眠的菩薩，拋心泡肺
一切定義的，重新被降落

可以永無止境，現代總是慣性
剪碎，身心反覆淩亂

黑夜裡，太多深情的鬼怪
恨不得那些答案，如是無憂

準確亦非菩薩的愛，似水
堅決，每一種逝去都是時光的遠遁
熊熊星火，奮起傷心者往後
移動殷切的臟腑，世事多殺戮
滿城廟宇盡付，分秒皆劫

而所有月亮，在心底持續易碎

有

被各式愛恨情仇掠奪，多年漂流
僅餘無事的菩薩，入座野蠻

酉

有些人的心
長得很低

有些人的眼睛
都是小草

世界帶來月亮的手
掃過他們裡面

流下不少

傾斜的潤滑液

有些人的心
可以長高
有些人的眼睛
變成草地

那些野貓一般的情緒
經過秋意好像就更殘破了一點
舔著彼此熟爛的爪傷
像長鬚彎曲，微笑成謎
諦聽齒痕在心上慢慢圓滿
並靜靜撫摸彼此體內湧出的蕾絲
舒軟而扎手，每一點都有無窮細節

愛情走在前面引導我們
從後方一步步，連綿地踏入第一線

和宇宙雄辯潮濕的身體，如何延展為上帝
更多聲音的發明，詞語深入我們眉眼
天空自由移動，夾帶淚水的直角
幸福的光學，在這裡成為獨一無二的視線

我們的愛情是宇宙主義，可以超越
一切觀點，也是實用主義
於最溫暖的血肉，建造天堂的最高
而我們滿臉淚水地在美學的室內
移動剛剛好的神蹟

朝朝夕夕
變老、變庸俗
但速度還在
愛情的河流還在
所見所碰觸萬事萬物還在
即便被灰色感官延誤
但宇宙維護你們的水面

路邊風景躍入
有些剛硬的故事重新柔嫩

有些喑啞剪破
有些潮汐還原滿岸的顏色
有些鳥群劃開往日金碧輝煌
生活越小越豐盛

日常愈來愈無從迴轉
但依然深信抒情
在眼底有水勢連綿
足以抵達命運的無所不能
而那些聲音繽紛出來
那些昨天的傷感
今天的光澤都出來
用人造氣候的深度與潮濕

丈量一輩子

你們擅長特技表演
如曲折的閃電
在野草叢生的胸口升起火焰
促進悲傷田園
交響音樂枝繁葉茂

就一起躺進時間愛過的草地
有鮮豔的手璀璨的觸覺
河岸的人流穿過
任由山稜與多變的天空說法
靜靜演繹

你們是彼此的
是彼此的神

金色的河岸，光線在此擁抱神和時間
日子豐滿，一道風從宇宙的邊沿
吹至，在心中響起樂曲
每種音階在水面的摺痕多情跳舞
遊客穿過剛剛發生的夢境，從此變成懷人

黃槿花與浪潮合唱，交織於河貓的午睡
長出璀璨的名字，賦予落日同等巨大的祕密
悲傷的色彩底，是無限的美麗
晚霞持續燃燒大片石階上戀人緊緊相貼的背影

一幅靜物畫烙印在今天，彎曲成永恆

「夜夜你的身邊躺著一條河」，沙洲笑聲很蒼老
白鷺鷥、磯鷸爪出皺紋，對岸燈火過於年輕
青春正凶猛，剽悍噪音颳著
大山鋼鐵般的沉默背脊，弦月弓起
指揮閃耀的銀魚如拔高的音符
躍離女神的輕紗，在飄渺間露出流亡的眼睛

玻璃窗外，「觀音永遠凝視星辰」
即使稍縱而逝，即使人工建設竄改水岸容顏
唯陽台上，我們擷取夜的語言
和生活的受難滋味混調並細細運動黑暗

如病傷逝的年代，在雨中祈禱如鳥

清晨，道路貫穿河面兩端，倒映以蒼穹與水
的兩種形態，不僅是站在嘆息的位置
望著樹和天空纏綿幾何狀的雲朵間
醞釀情慾的期待時彩虹便興起
沒有時間足夠遠，而水上之歌遙遙抵達

小說家在玻璃寫下：「我是為你而生的」
歲月靜靜地繞過，餘生將作為
守護河流的人，隱匿到藍色的全部
二樓書店是一首情詩，在淡水深處歌唱
我們都堅信天空是值得活的

而河岸的金色，所有的風景都懷孕光線與音樂

（追憶有河 Book。）

生

當鮮綠的葉片從眼睛掉落
有些聲響溫柔
有些顏色漸漸殘酷
事物無法不模糊
有些姿勢可以走遠但終究趕回來

反覆聽見雪的留言
雪說，你們不應該吧
不應該那樣掉落，把所有的血肉繳出來
不應該把生嫩而珍貴的位置

全部放進它的裡面，雪提議需要更多的軟

但掉落已將熟成的肺
已將熟成的心臟，已將熟成的因果
過早的明白——掉落無疑是最慈悲的事

髮是掉落的法則，它們是黑的
它們也是白的
畜養前端的青春並不屬於任何人的職責
時間從上方掉落
時間是鏡子，我們是時間的碎片
無法阻止我們掉落

阻止時間的囚禁
事實是：我們繼續在裡面
重複掉落的動作
而雪是無法停止的祕密
而鮮綠的眼睛，依然掉落到一切的深處

抱著速度
滾離
時間的一小節
握住翅膀
用力地掠過
雪景——
停留在洪荒的
最高點

戌

看見夜色——
被神
摔落的美學。

冬夜很乾淨。我們凝視
沒有人聽到的事，近距離地
破損。我們就活在
那些切割的音樂，空中爆裂
很多。一直接近一直
掩面而來的哲學一直複習
艱難的動作。人生從來
障礙。理論跟身體的關係
幾乎是最遙遠。時間已然是啞然的嗎
讀不出遺棄，我們只能默默

把殼裝好，再次用力歌唱
傷痕。哀悼的奧義。如何解釋悲劇變成
無止境的開始，如何靜止
萬馬奔騰的憂鬱，如何隨身懸掛鄉野
如何頓悟我們是僅有的動物。
即使漂流搖晃忽然苦海，即使告別的名單
那麼漫長，即使完美無從練就
可是眼中的氣象依然很好
像讚美。必須全神貫注
讓我們成為彼此黑暗的專家
測量所有器官
囤積的愛情。生命得以維持
走遍曠野的光

我們相信天亮。
我們需要相信天亮
像神一樣鮮豔

城市。成全自身為空巷
持續深淵生長。門楣冒出了鬍子
垂掛著悲傷。一枝又一枝
拒絕馴服的弓箭，在眼神，在口舌
也在無聲而激烈靜默中。堡壘於心底
漸次瓦解。最輕的巢。逝去
最無以名狀的完卵

囚禁是一首苦悶的詩
居家前所未有稠密。相處是甜美

也是夢魘。緊密如殺戮。每一刻都擊毀
更多的春天。室內，變身狼犬
撕裂彼此是稀鬆平常。家恍若獵場
草原儼然虛妄傳奇。日光、雨和風景
都在窗口徘徊，如域外

每個人的盔甲上，黏定蜘蛛網
寂寞的符咒。長輩的白髮是實驗電影
凋零的無數種方式。年輕人迷惘地
踏入過多的詞語。邊緣在心中
瘋長。寬容是偏遠的夢。時間的蝴蝶
躺在大風下。愛得支離破碎

背後，還會有故事嗎？
破空而至的筆墨。捲起的月光
午夜裡奔跑，像鬼魂
全部的孤獨者。最低限度的歡唱
比水堅硬，比火柔嫩。地表上
活得如同光塵。被日常清掃
完成此時明亮乾淨的遺世

必須抱緊每一種彼岸。編輯眼前的
玻璃碎片。必須填補裂縫
加深靈魂的演算法。帶來燦爛的雲雨
以及明日的花香。令憂愁變成龍
突破枯萎的天花板。必須怪物衰朽

所謂親情是所能經驗的
最大神祕事件。未知數遍布
在普通生活之下

拋卻速度、激情與時代進步的惡靈
必須學習停擺姿勢。重新滿足於獨處
風味絕佳的剝落。自我是逃離不了的魔
面對傷口裡磨光的誠實。必須目擊
神留在昨日，揣摩命運的下一輪進擊
擁擠的萬物關係。輕聲為
死者歌唱。而生的定義
不過是細數絕望後徹底鬆手的
悲憫。無以止境

他在移動。我確定他在
移動。或者接近靜止
的一種移動。是生活。
是懷孕植物而活。是得以
丟棄語言。是日子醒來
而異形死去。如此他
完成現在。也完成黎明
與絕望的合唱。完成醫治
我。也許。是也許。

我試著模擬他身上的圖案
那是麒麟。在遺忘的
深處。持續前進的麒麟。
但終究是偽裝。我無從辨識
他的進展與綿延。我只是
一頭不知自己是什麼的
動物。即使披上
白色鱗甲。依舊看不見
形狀與內容。只能錯以為
自己一直是怪物。

詩不只是文字的藝術。他
說。或許詩是圖案的

藝術。我想。那麼
圖案就是他的
祕密與玫瑰。或花園。
一些大象。一些尚未發明的
語詞。有堅固的停頓。生
活。因生而活。不。是為活
而生。他解除移動的必要。
生活就是他寫在我眼球的
靜止。那也叫速度。

（寫給孫維民。）

在自己的裂縫裡打開。蜂蜜般的歷史
快樂地向昔時追索。那些泛黃的家庭照
抱著幼小孩童，微笑以及最大的幸福
強光的信仰。心臟
持續漫遊。玫瑰的歌聲
舉起響徹雲霄的鐵絲——所有的情感

童年是每個人的絕對領域
又邪惡又神聖。往日如許磅礴
瀰漫強烈的光影。野獸般的撕裂歲月

父母淪陷，如同受時光重新復仇
恨不得變形，多幾雙手腳
將忙亂的世界整頓為有用的秩序
而生活從來沒有守則。妖魔藏在背後
露出安靜的微笑

持續的花瓣心上墜落
成長是一種奇妙的消亡。曾經的天真
很快死去。寵愛如同徒勞的詩篇
每天親吻的細嫩臉頰幾乎前世
那些摟抱也是古老的。後來
只留下失敗的房間，就連過往親密的火焰
都是失敗的。逐漸生長的鬼屋

比陰影更深的遺忘

回家吃飯。餐桌上
爬著琳琅滿目的歲月，與及創傷
他們仍舊指望——讓已邈的雲煙重返
親情依然是燈塔，而家並非苦海
卻罔顧空缺愈來愈銳利。床上的睡眠愈來愈短
寂寞也愈來愈深

如今。年老的雙親安坐在虛無
白髮的草叢。迷亂於逝去的密林之中
一再碎裂。生活在隧道
門後也曾有過血腥。不求回報的愛是鬼故事

兒女正專心擴張自己，越來越龐大
他們卻無能為力地縮小。晚年是最後的邊境
人生不是哲學——無關上帝的思維

混沌的一切知識。關於全景
最終的世界，最初的
愛是已然荒廢的神

屋子裡有神奔走
無聲無息
他提筆
全力追蹤
想要留住祂的
一點一滴
瞬間龍蛇飛動
寫下
那些只有他目擊的
移動的閃電

但神比他更快
已經追進
深夜消逝的邊線
瞪著桌上未完成的白
他心裡是悲傷
的習慣
重複再來的所有
悲傷的戲弄

站在整個世界
傘下
一起眼睛明亮
諦聽體內的天候
讓心情逐漸
潮濕
明白那些雨雪
是此生
決定性證據
妳的閃電

有足夠的時間
慢動作降落
我心底的凜冬
將再次縈繞
各式溫暖的點燃
而神正遠離
於是我們完成
這輩子
所有可能的氣象

持續前進豐滿。夢見更多的線條
火車上，有博物館現身。藝術
正蜂擁而過。以身體交換
以靈魂深入其境——體驗偉大的心臟
涉及時光的總和

就聽見黑。黑色脈搏。一輩子
黑色。歲月正重疊。迴盪
一切是流水一切是花樹。一切是筆畫勾勒
一切是情感。與萬物交談

穿過鬼神。巨型意志。活過無數回合
啟動白。在黑的中間。有白色
甦醒。驚奇地倒退。明天與昨日
攜手同行。通向大霧背面。不可計算的眼睛
延續百萬種田園百萬種洪荒。連接
全部的孤寂。全部的神經回路

心靈是宇宙的同義反覆。變為盛世
變為未來的縫隙。飛行的神祕
寬闊的靜默。重複探訪
活成最遠的詩歌。他們練習
被寫下。慢速地繁衍永恆

（始）

如果是最後，非常普通地死去
像一棵樹、一片葉、一粒沙
慢慢枯爛與消失
所有的生都只是遺跡
而我早已承認
神以及父親
都是無能的名詞。

（一）給女兒

妳成胎，而母親正在受難
被痛苦細密穿戳與編織
各式脹裂的故事，攸關情感與記憶
我卻一無所知
只顧活在自己的境界
燃燒一切
忘情地奔越

而我衰老的時間，在妳的成長裡
持續加速，每一回
創作的狂歡

都在削減我的人生
妳的童年
母親的溫柔

母親背負整個宇宙的暗
看顧妳羸弱的火焰，每一次呼吸
翻身，都帶著鬼的意味
站進邊境
她養活了一座憂鬱的湖
水面上，顛簸的死者
群起驚舞

極深處，妳從破壞中誕生

而母親一點一點裂解
困在圈欄，面對狼一般的妳
殘酷的求生，一次吮咬
就是一次血流
她的心智被切片
碎活在凶險的啼哭裡

母親被強拉到妳
剛剛長出來的系統
野性與殺戮
而父親不過是外圍
旁觀一切發生
無助地自我淩遲

但盡力不一起崩壞到底

一天過了
一天
一年以後
又一年
我們堅持
切開彼此的肌膚
讀遍黑暗的事
於是明白了，我們不是妳的故鄉
不是妳的聖神
更不能成為妳的妖魔

而妳終究會感覺孤獨
無論有誰在身邊
有時候，悲傷的事
就是會撞過來
人生從來都血腥
但妳不要逃
不要躲開那些裡面生長的
外頭跑進來的邪惡
要在禁區中
找到專屬的動詞
挖掘利刃，跟豐腴的傷口
說話，不畏懼易碎
去成為妳所喜歡的自己

（二）給兒子們

再多的形容詞，也不及
你們的毛色、腳步和呼嚕
以及體膚的撫摸
我的心情任憑塗鴉
歸屬神的製作

可以一起信任黑暗
從表皮到最底層
路徑的後方
都有時間的定義
穿梭其中

蜿蜒的巷弄
充斥各式草創的
無以名的情感
聲音在縫隙鳴叫
輕盈的魂魄
每道門鎖都剔透

你們是不能破解的
而我喜歡
沒有答案的世界
縱使悲傷經常超載
終究會有鬼
跳進來

但你們教懂我
讓它靜靜的掠動
靜靜的
就這麼轉過
生跟死的軸承

(三) 給妻

戀人的定義是永恆
妳是永恆
每一個瞬間，妳都進入我
讓我從非人境地

回過神來
甘願變為普通人

將龐大複雜的靈魂
變成簡約的形體
在日常裡，固定為萬物
靜候在身邊
任何時刻都允許
重複探入
無限的受詞

後來——妳所有的疼痛
我難以詳盡指認

當妳無盡地下墜
變成惡鬼
打掃自己的形狀
每一種線條，練習更精緻
柔軟，多綑繩子滾動
髮、五官、肢體和臟腑
加倍的
孤獨的重量

關於心智的裂變
我一動也不動
就傾聽妳的深刻
震耳欲聾

面對生命的事實
我每一刻都，不由自主地縮小

緩慢的迴轉
妳的直接損壞
以及我的間接傷害
從濃鬱的黑白
漸次移動
往柔嫩
心肝變回多彩

妳在我深情的邏輯間
添加副詞，修飾

心智或狂亂生長的野草
妳全力容忍我的缺陷
我的分離焦慮症
滿腔的愛
塞爆身體所有細節的色情
痛苦和洶湧的夢

而人生在悲傷裡
持續加速，無間斷的凹陷
但願最終我足以
長成妳的喜劇
一切傷苦，皆隨我遠離

（終）

我，從來不過是
無能的主詞。
你們應當遺忘我
如同輕柔擱放
親切的昨日

在淡出的時光
告別我已足夠的幸福
像完美的長鏡頭
運行在消逝中
讓一棵樹、一片葉、一粒沙

重新溶入虛無

後記：無題之書

美國詩人裡，我最著迷的是艾蜜莉．狄金生（Emily Dickinson），中國古典詩人，我則鍾愛李商隱。這兩位有共同的特色，都有無題詩。實際上，狄金生幾乎大部分的詩歌都沒有詩名，李商隱則是有相當數量以〈無題〉為名的詩作。

無題。多麼美妙的狀態。那是直接進擊詩作的內容，用不著外皮，剝開來看吧。活生生鮮靈靈的血肉都在面前。甚至是靈魂。拆穿一切，就這樣完整地透過，目睹詩人思維情感的所有運作。

在我們這樣一個慣性被標題化的年代裡，有時會疑慮於內容輕易地被必須瞬間抓緊讀者目光的需求標準化、規格化了，乃至於完全喪失本身應有的存在質量與價值，被簡化得無以復加的可悲。

我不免有這樣的想法，詩歌本來就該是無題的，一如人生。無題即菩提。在我們有限的生命之旅，從來沒有題目，有的只是必須窮追不捨的內容，而且經常莫明其妙不知所以，且困頓異常萬劫不復。

《文學裡沒有神》原先最想做的，其實是一本無題詩集，去除詩題後，方能更純粹地凝視詩作本質，無須被名字耽擱了裡面的心靈之豐沛與強盛。唯 Dickinson 身後，諸多版本為其詩作安裝了編號與詩名，總有一種對詩人背反、但又深悉是不得不然的變通處置——畢竟討論與研究時總得有個名字不是。於是我思索著詩歌的裡外，試圖找到一種若即若離若有似無的相干，重組題目與內容的關係。

因此也就有了五種編碼系統——佛教十二因緣、十二地支、日本十二月名、十二生肖和紫微斗數六吉六凶十二星——的架構，可以視之為無標題，僅只是數字，但也不妨礙於把它們當作假性詩題，同時又隱隱含帶著系列作的用意，一方面足可按圖索驥，具備多元閱讀意趣，另一方面倒也有個宣示，《文學裡沒有神》起始無明，終於地劫，此亦是我的人生觀——

我們一無所知，我們一無所有，我們活在自己的劫數裡，寄望一個美好的結束。

這本詩集是對人神關係、宇宙洪荒的各種體驗和思索。人不是宇宙裡最偉大的生物，當然不是，也幸好不是——但不妨礙微小的人心包含無盡的宇宙，針對世界、時間和種種生命極限奧祕進行探考。

文學作為信仰如我，年輕時期總是堅信文學創作就是世間萬物的唯一正義。我全心選擇全力擁護的正義。活著就是為了寫，寫出自己的血寫出自己的肉體寫出自己的內臟寫出自己的心靈活動史寫出全部的黑暗全部的失敗全部的悲傷全部的狂歡全部的屈辱全部的全部的情感啊。文學沒有別的，就是藉由挑戰極限，持續逼近無限，逼近神的境界。文學裡必須有神，否則我所瘋魔的一切豈不是都沒有了意義？

我們甚至得成為神，得完成自己的神，裝載所有思覺，宇宙也就從而顯現出來。

是的，文學是我所知渺小人類最能夠逼向於無限的一種方法論。

而年過四十歲，卻逐漸明白到文學真正的價值，是文學之神的煙消、是創作之鬼的雲散。文學不是人生的唯一答案。文學不等同於人生。文學只是撬開萬難人生的一種方式。文學不是終極。文學裡沒有答案。文學裡沒有神。

我們必須破解心中對神的依賴，我們必須活得像一個人，獨立於世間的人。在沒有神的地方，人才能真正地長出來，完成自己的存在，滿懷疑懼和困難地活著，每一步都依靠自己有限的能力，踏實地踩出一個人的道路。

我慶幸可以活在一個沒有答案的世界。文學從不放棄追索終極解答，但它其實也讓我明白所謂的答案並不存在，至少不會是永恆的存在。文學帶來的從不是絕對論，文學是各種跳躍各種換位各種自省各種可能的推動各種人心的總和，文學也必然是從失敗裡長出來。文學讓我得以重複出發，讓所有的現實前進，前進到值得相信的說法裡——去創造自己的解答，一時一地，最適合也最能讓自己安心棲居的方式。

是這樣的了，文學所提供的只是解法，對生命處境與難題的適宜解法。僅此而已。

國 家 圖 書 館 出 版 品 預 行 編 目（CIP）資 料

文學裡沒有神／沈眠作 . -- 初版 . -- 臺北市：一人出版社，2022.02
208 面；12×19 公分　　ISBN 978-626-95677-1-3（平裝）
863.51　　110022848

文學裡
沒有神

作者　沈眠
編輯　劉霽
美術設計　陳采瑩
封面攝影　王志元

出版　一人出版社
地址　臺北市南京東路一段二十五號十樓之四
電話　（〇二）二五三七二四九七
網址　Alonepublishing.blogspot.com
信箱　Alonepublishing@gmail.com

總經銷　聯合發行股份有限公司
電話　（〇二）二九一七八〇二二
傳真　（〇二）二九一五六二七五

二〇二二年二月　初版

定價新台幣三五〇元

贊助單位　台北市文化局
Department of Cultural Affairs
Taipei City Government